नजमा

नजमा

धीरेन्द्र सिंह जफ़ा

वाणी प्रकाशन

वाणी प्रकाशन

4695, 21-ए, दरियागंज, नयी दिल्ली 110 002

फ़ोन : +91 11 23273167 फ़ैक्स : +91 11 23275710

शाखाएँ

अशोक राजपथ, पटना 800 004, बिहार

कॉफ़ी हाउस कैम्पस, महात्मा गांधी मार्ग, इलाहाबाद 211 001, उत्तर प्रदेश

महात्मा गांधी अन्तरराष्ट्रीय हिन्दी विश्वविद्यालय, वर्धा 442 001, महाराष्ट्र

सुल्तानिया रोड, मोतिया पार्क, भोपाल 462 001, मध्य प्रदेश

www.vaniprakashan.com
marketing@vaniprakashan.in
sales@vaniprakashan.in

NAJMA
by Dhirendra Singh Jafa

ISBN : 978-93-89915-30-3
Story

प्रथम संस्करण 2020

मूल्य : ₹ 90

सिटी प्रेस, दिल्ली-110 095 में मुद्रित

वाणी प्रकाशन का लोगो मक़बूल फ़िदा हुसेन की कूची से

साँवले रंग की, यौवन से भरपूर, दो छोटे बच्चों की माँ, हँसमुख और चंचल नजमा सबकी प्रिय थी और हर जगह अपने लिए स्थान बना लेती थी। निकाह तो उसका चौदह वर्ष की आयु में पढ़वा दिया गया था। किस्मत से दूल्हे मियाँ अच्छे मिले थे, न शराब न सिगरेट-पान; अच्छे कपड़े पहनने के शौक़ीन; देखने में, व्यवहार में आकर्षक। नौकरी एक जूते की दुकान पर करते थे। ज़्यादा तो नहीं मिलता था, मगर दो प्राणियों का काम चल जाता था। मियाँ जी का एक ही शौक़ था, और वह था शिकार, चिड़ियों का, हिरनों का, कभी-कभी मगरमच्छ और जंगली सूअर का। शौक़ ऐसा कि एक व्यसन बन चुका था। ख़ुद तो बन्दूक़-कारतूस रखने की हैसियत थी नहीं, शिकार के शाक़ीन रईसज़ादों के आगे-पीछे लगे रहते थे। हर प्रकार की बन्दूक़ और रायफल से परिचित थे, किसकी मार कितनी दूर की है, किस चिड़िया या जानवर के लिए किस नम्बर का कारतूस फ़िट बैठेगा। साथ ही असलहों की सफ़ाई

और देख-भाल में भी माहिर थे। कूदकर तालाब से ज़ख़्मी चिड़िया को उठाना, उसको ज़िबह करना, हिरन की खाल उतारना, मांस काटना, पकाना, यह सब उनकी महारत में था और इसलिए हर शिकार-पार्टी उनको साथ ले चलने के लिए उत्सुक रहती थी। मियाँ भी ऐसे कि भनक लगते ही सब काम छोड़कर शिकार के लिए भाग लेते थे।

जाड़े का मौसम शुरू होते ही नजमा की फ़िक्रें बढ़ जाती थीं। पहाड़ों के उस पार से आते चिड़ियों के गोल काँव-काँव करते आसमान से गुज़रते तो आने वाली मुसीबतों का सोचकर उसका दिल मायूस होने लगता था। अब मियाँ जी शिकारियों को ढूँढ़ेंगे और शिकारी उन्हें। न काम से मतलब, न नौकरी खोने का डर। अब चले कि तब। दुकान-मालिक पहली बार चेतावनी देगा। दूसरी ग़ैर-हाज़िरी के बाद छुट्टी कर देगा। कमाई से हाथ धो लेंगे। बनिया उधारी बन्द करेगा, बच्चे भुखमरी के कगार पर होंगे। केवल गोश्त से काम तो न चलेगा, रोटी, चावल, नोन, तेल भी तो चाहिए। आख़िर में नजमा घर-घर जायेगी, किसी के धान कूटेगी, किसी की रज़ाई में तागा डालेगी। बच्चे नंगे घूमेंगे, हर समय भूखे और कुम्हलाये। पिछले पाँच वर्ष और दो बच्चों के बाद भी हर जाड़े के मौसम की यही कहानी थी।

उसके शौहर नेक ज़रूर थे और उसे चाहते भी बहुत थे। मगर निकाह के समय से ही घर का ख़र्च नहीं जुटा पाये थे। आदतें भी ठीक थीं, सिर्फ़ काम लग कर नहीं कर पाते थे। रहने के नाम पर एक कोठरी थी, बाहर छप्पर डाल लिया था। किराया अदा करना भी मुश्किल होता था। आख़िरकार दूसरा बच्चा बड़ा होते ही नजमा ने फ़ैसला किया कि उसे स्वयं लगकर कोई काम करना होगा, नहीं तो गृहस्थी बिल्कुल ही टूट जायेगी। शौहर मियाँ ने ऐतराज़ नहीं किया, बेचारे करते भी कैसे। पढ़ी-लिखी तो वह थी नहीं इसलिए मुहल्ले के खाते-पीते घरों में काम ढूँढ़ने के लिए चक्कर लगाने लगी। आख़िर में तीन घरों में झाड़ू-बुहार,

चौका-बर्तन और खाना पकाने का काम मिल गया। मुहल्ले की औरतें उसकी मजबूरी से वाक़िफ़ थीं, तनख़्वाह ख़ूब गिरा कर तय करने में कामयाब रहीं। बहरहाल छोटे बच्चे के लिए एक पाव दूध और सबके लिए दो जून की रोटी तो मयस्सर होने ही लगी। कपड़ों के मामले में काँत-ब्योंत से काम चल रहा था। परेशानी तब होती थी जब या तो बच्चों को दवा की ज़रूरत पड़ जाये या कोई रिश्तेदार आ जाये। ऐसे समय में माँग-जाँच कर ही काम चल पाता था। मगर जब कभी रिश्तेदारों को एक प्याला चाय भी न पिला पाये तो बहुत शर्म महसूस होती थी। कोई बहाना बनाकर दिल पर पत्थर रख लेती थी।

दो बच्चों की माँ होने पर भी नजमा का रूप-रंग और यौवन पूरे शबाब पर था। मुहल्ले के आशिक़-मिज़ाज लोग तो उसे मुड़-मुड़कर देखते ही थे, अब जिन घरों में वह काम करने जाती थी वहाँ के मर्दों की निगाहें भी उसी पर टिकी रहती थीं। कई तो हमेशा छूने-छाने के लिए ज़बरदस्ती भिड़ जाते थे। कभी ख़ाली सड़क पर मिल जाते तो धीरे से कान में कह देते—'नजमा, किसी चीज़ की ज़रूरत हो तो बता देना, शर्माना नहीं।' नजमा सोचती कि उसके चारों ओर तो ज़रूरतें ही भरी पड़ी थीं क्या वे नहीं जानते? लेकिन अगर वह माँगने लगे तो उस दशा में केवल सौदा ही होगा। बहरहाल बड़े जतन से वह अपने को बचा पाती थी, फिर भी मर्दों की हवस भरी निगाहों से वह तंग आ चुकी थी।

इसी समय मुहल्ले में तेज़ चर्चा चली कि 'चिकन' की कढ़ाई के लिए लखनऊ की एक संस्था औरतों को बड़ा अच्छा पैसा दे रही थी। मुहल्ले की ही कुछ महिलाओं ने बाहर वालों से सम्पर्क साधा और एक दिन इस संस्था की दो कार्यकर्त्रियाँ वहाँ पहुँच गयीं। नजमा ने भी नमूना बनाकर दिखाने के लिए काम ले लिया। पड़ोस की जानकार औरतों के पास जाकर उसने कढ़ाई सीखी और रात-रात भर जागकर काम पूरा किया। अगली बार जब वह

कार्यकर्त्रियाँ आयीं तो नमूने के आधार पर नजमा का चयन हो गया। उसे एक साड़ी कढ़ाई के लिए दी गयी।

"आपा! इस काम के लिए पेमेंट क्या मिलेगा?" नजमा ने पूछा।

"भई, यह तो आपके काम के ऊपर है। काम साफ़ और गझिन है तो पैसा अच्छा मिलेगा...।" एक कार्यकर्त्री बोली।

"फिर भी, कोई अन्दाज़ा...," नजमा ने कहा।

दूसरी कार्यकर्त्री बोली, "अब महीने में जितना काम कर लो, उसी के हिसाब से पेमेंट होगा। वैसे आप लोगों ने सुना होगा कि लखनऊ में इस कढ़ाई में माहिर खवातीन 1800-2000 रुपये महीने तक पीट लेती हैं...।"

नजमा की आँखों में चमक आ गयी अगर इसका आधा भी कमा सकी तो बहुत-सी मुश्किलें हल हो जायेंगी। उसने काम ले लिया। दिन में घरों में काम करना जारी रखा और रातें कढ़ाई के काम में कटने लगीं। महीने के बाद हिसाब हुआ तो उसकी चौका बर्तन की कमाई से यह कमाई थोड़ा ही अधिक थी। उसने सोचा कि फिर भी यह काम घर-घर की फ़ज़ीहतों और पराये मर्दों की छेड़-छाड़ से तो बेहतर ही था। आख़िर उसने घरों का काम छोड़ दिया। मालिकान बहुत नाराज़ हुए। मालकिनें तो एक मेहनत-कश, सफ़ाई से काम करने वाली नौकरानी से हाथ धो बैठीं, और मालिक लोग अपनी तफ़री और उसको हासिल करने की उम्मीद से। नजमा को लगा कि वक़्त-ज़रूरत पर भी इन घरों के दरवाज़े उसके लिए बन्द ही रहेंगे।

शुरू में तो नजमा दिन और रात दोनों समय कढ़ाई करने में जुटी रहती थी। परन्तु कम रोशनी की वजह से सिर-दर्द होने लगा और उसे रात का काम बन्द करना पड़ा। कमाई सिमट कर आधी रह गयी। एक और परेशानी शुरू हो गयी। काम वापस लेने के लिए अब एक ही महिला आती थी। पैसे के मामले में कह देती थी—"आपा आती ही होंगी, पेमेंट तो वही करती हैं।" मगर आपा हफ़्तों ग़ायब रहती थीं और इधर खाने के लाले पड़ जाते थे।

नजमा को लगा कि चाहे घरों के मालिकान हों, चाहे यह स्वयंसेवी संस्थाएँ—सभी ग़रीब के मुँह से खाना छीनते थे। उसको यह भी पता चला कि लखनऊ की संस्था के दावे खोखले और कामकाजी औरतों को गुमराह करने के लिए थे। असलियत तो यह थी कि बिचौलियों को कार्यकर्त्री के रूप में दर्शाया जाता था। कई औरतों का काम एक महिला के नाम पर दिखाकर उसकी आमदनी हज़ारों में दिखाई जाती थी। असल काम करने वाली खवातीन तो भुखमरी के कगार पर ही रहती थीं। यह सब सोच कर नजमा बहुत मायूस हुई, मगर बिचौलियों की मिन्नतें करने और उनकी मनमानी सहने के अलावा कोई रास्ता नज़र नहीं आता था।

नजमा के मुहल्ले से थोड़ी दूर पर एक हाट लगता था। कम आमदनी वाले लोगों की ज़रूरी ख़रीददारी यहीं से होती थी। नजमा भी वहीं से सस्ती सब्ज़ियाँ तलाश कर लाती थी। एक दिन वह बाज़ार की गश्त लगाने के बाद एक चबूतरे पर बैठी सोच रही थी कि आख़िर क्या ख़रीदे, हर चीज़ के दाम तो आसमान छू रहे थे। इतने में एक अन्य महिला उसी के पास आकर बैठ गयी। उसका भरा झोला देखकर नजमा अलग-अलग सब्ज़ियों के दाम पूछने लगी। बातें आगे बढ़ीं और एक-दो हफ़्तों और दो-चार मुलाक़ातों के बाद परिवारों और अपनी मजबूरियों का ज़िक्र भी होने लगा।

शकुन्तला लगभग चालीस वर्ष की थीं परन्तु लगती पचपन की थीं। रंग-रूप से तो बेचारी गयी-गुज़री थीं ही, यौवन के साथ-साथ उनके सिर के बाल भी उनका साथ छोड़ चुके थे। विवाह के दो साल बाद उनके पतिदेव भी उन्हें किराये की कोठरी में एक पुत्र के साथ छोड़ कर चल दिये थे। शकुन्तला तो उनके बारे में मौन रहती थी परन्तु बाद में नजमा को पता चला कि वे अपनी छोटी साली के साथ फ़रार हुए थे। बहरहाल शकुन्तला मृदुभाषी थी और भाग्य के कठोर आघातों ने उसको चिड़चिड़ी और ग़ुस्सैल बनाने के बजाय दूसरे के प्रति सूक्ष्म संवेदनशीलता से भर दिया था।

इन मुलाक़ातों में वह नजमा की परेशानियाँ समझ चुकी थीं और उसकी सहायता के लिए मन बना चुकी थीं।

"इससे तो अच्छा है तुम मेरे साथ काम करो", शकुन्तला ने एक दिन नजमा से कहा। शकुन्तला ने विस्तार से बताया कि वह स्वयं दर-दर की ठोकरें खाने के बाद सिविल-लाइन्स के एक बँगले में पहुँची जहाँ एक वृद्ध महिला ज़रूरतमन्द औरतों के लिए काम की व्यवस्था करती थीं। पढ़ी-लिखी लड़कियों को प्रेरित कर उन्होंने कई गाँव में प्राइमरी शिक्षा के लिए छोटे-छोटे स्कूल खुलवा दिये थे। थोड़ी बहुत सामान की मदद भी उनको दी थी, जैसे एक कुर्सी, मेज़ और एक ब्लैक-बोर्ड। बच्चों को कैसे पढ़ाया जाये यह शिक्षा वे पन्द्रह दिन की ट्रेनिंग में स्वयं देती थीं। मार्गदर्शन उनका, मेहनत लड़कियों की। सभी शिक्षा-संस्थान 25-30 छोटे बच्चों तक सीमित थे, बच्चों के अभिभावक मात्र दस रुपये प्रति बालक-बालिका के हिसाब से देते थे। अध्यापिका को घर बैठे तीन सौ रुपये की आमदनी, पुण्य का काम और सामाजिक प्रतिष्ठा, और बच्चों को अक्षर-ज्ञान, थोड़ा गणित और अनुशासन एवं स्वच्छता से रहने की प्रेरणा—सभी को लाभ था। अशिक्षित महिलाओं के लिए कढ़ाई का काम था।

"यह कढ़ाई चिकन से फ़र्क़ है, नाम है इसका 'सुजनी', शकुन्तला ने समझाया। बड़ी दीदी कहती हैं कि यह कढ़ाई उत्तर प्रदेश के पूर्वांचल में ही उपजी और पूरब की ओर जाकर बंगाल में कांथा कहलाने लगी। परन्तु अपने मूल रूप में 'सुजनी' बहुत सुन्दर है।"

"क्या मुझे काम मिल जायेगा?" नजमा ने अपनी चिन्ता ज़ाहिर की।

"काम तो बड़ी दीदी देती हैं। मैं उनके बताये तरीक़े से नयी डिज़ाइन बनाती हूँ, फिर उसे धागों से रंग भर कर दीदी से पास कराती हूँ। हाँ, जो औरतें नहीं जानतीं उनको मैं सिखाती भी हूँ।"

"तब तो आप मुझे काम दिलवा ही सकती हैं," नजमा ने कहा। "मगर पैसा कितना मिलेगा? आप तो मेरी हालत जानती ही हैं।"

"जितनी मेहनत तुम यहाँ करती हो, उतने पर चार से छह सौ तो कमा ही लोगी। और दीदी पेमेंट तुरन्त करती हैं, इधर तुमने काम सौंपा, उधर नकद मिला।"

अगले दिन नजमा 'सुजनी सेंटर' पहुँच गयी। शकुन्तला ने उसे कढ़ाई के गुर बतलाये और एक छोटा नमूना तैयार करने को कहा। शाम के समय नमूना बड़ी दीदी को दिखाया गया। कढ़ाई की समरसता, गछिनता और सफ़ाई देखते ही वे समझ गयीं कि एक बहुत कुशल कारीगर उनके सामने खड़ी थी। शकुन्तला ने नजमा के बारे में उन्हें सब कुछ बता दिया। मगर उसकी तनावग्रसित आभा और मांस-रहित हड्डियाँ उसकी मजबूरियाँ स्वयं भी बयान कर रही थीं। विचार करने के बाद बड़ी दीदी ने नजमा को छोटे-छोटे कई काम दिये—जैसे तकियों और गद्दियों के गिलाफ़ आदि। यह इस कारण से कि काम जल्द पूरा हो और उसे पेमेंट तुरन्त मिलने लगे। बड़ी दीदी किसी को दान नहीं देती थीं, केवल ज़रूरतमन्दों को स्वावलम्बी बनने में मदद करती थीं। बिल्कुल उस कहावत की तरह कि मछली दान देने के बजाय मछली पकड़ना सिखाना बेहतर है।

नजमा मेहनती तो थी ही, 'सुजनी सेंटर' का हर्ष और सहानुभूति भरा वातावरण उसे रास आया और वह पूरे जोश से काम में लग गयी। कुछ ही समय में वह सबसे तेज़ और सबसे कुशल कारीगर बन गयी। स्पेशल काम उसी को दिये जाने लगे। उसकी कमाई बढ़ने लगी। काम का पेमेंट तुरन्त मिल जाने से उसकी गृहस्थी ठीक से चलने लगी। उसका चेहरा भी भर रहा था, हड्डियों पर मांस चढ़ रहा था, और हँसी भी तेज़ हो चली थी। लगभग छह माह के बाद एक दिन नजमा ने बड़ी दीदी से कहा, "दीदी, अब आप मेरा हिसाब महीने-महीने ही किया करें, ख़र्चे का हिसाब ठीक रहेगा।"

बड़ी दीदी को आश्चर्य हुआ कि इस औरत ने अपनी आर्थिक व्यवस्था इतनी सुनियोजित कैसे कर ली। वे प्रसन्न भी बहुत हुईं।

नजमा की कार्य-कुशलता, उसका आकर्षक व्यक्तित्व, उसकी हँसी और सबसे मेल-मिलाप, इन कारणों से बड़ी दीदी वैसे भी नजमा को बहुत मानती थीं, और अब उसका लाचारी से स्वावलम्ब और आत्मविश्वास तक का सफ़र बड़ी दीदी को उनके अपने कार्य के महत्त्व और उसकी सफ़लता के प्रति और भी आश्वस्त करने लगा था। अपने मिलने वालों के बीच जब भी 'सुजनी सेंटर' की चर्चा होती तो वे नजमा का ज़िक्र ज़रूर बीच में ले आती थीं। असल में वे नजमा को महिला स्वावलम्बन के आदर्श के रूप में प्रस्तुत करती थीं, और उसे अपने जीवन के संघर्षों के विषय में अन्य महिलाओं को बताने के लिए प्रेरित करती थीं।

एक दिन कुछ सम्भ्रान्त महिलाएँ 'सुजनी सेंटर' देखने व ख़रीददारी करने आयीं। प्रथा के अनुसार अन्त में उन्हें बिठाकर चाय प्रस्तुत की गयी। बातों-बातों में किसी ने बड़ी दीदी से कहा, "मैडम, हम सब जानते हैं कि आपने यह काम आर्थिक लाभ के लिए नहीं किया...फिर भी...आपकी प्रेरणा का स्रोत क्या है? केवल एक प्रकार का दान...?"

बड़ी दीदी गम्भीरता से उत्तर पर विचार करने लगीं। एकदम से उनका चेहरा खिल उठा और उन्होंने कहा, "इसका जवाब मेरे यहाँ काम करने वाली एक महिला आपको देगी।"

नजमा को बुलाकर साथ कुर्सी पर बैठाया गया, उसका संकोच दूर करने के लिए उसे भी मेहमानों की तरह चाय पेश की गयी। धीरे-धीरे नजमा ने अपनी जीवन-कथा बताना शुरू किया...छोटी उम्र में निकाह, बच्चे, मियाँ जी का मृदुल स्वभाव एक तरफ़ और गृहस्थी के प्रति बेफ़िक्री दूसरी तरफ़, आर्थिक तंगी और दरिद्रता, घर-घर काम ढूँढ़ना, मालकिनों के ताने सुनना और मालिकों की छेड़-छाड़ से बचना, चिकन की कढ़ाई में रात-दिन एक करना, हर समय, हर ओर शोषण ही शोषण चाहे पति के रूप में चाहे मालिकों के रूप में, और अन्त में बड़ी दीदी की शरण में आना और पहली बार सर उठाकर जीने का आभास होना।

सब महिलाएँ स्तब्ध होकर नजमा की जीवन-कथा सुन रही थीं। वास्तव में उसके मुख से समाज के अधिकांश घरों की व्यथा उजागर हो रही थी। उसके संघर्षों का कोई-न-कोई अंश वहाँ बैठी प्रत्येक महिला शायद स्वयं भी झेल चुकी थी। इसलिए किसी भी पहलू पर प्रश्न करने की आवश्यकता किसी को नहीं थी। परन्तु बड़ी दीदी उसके जीवन के एक ख़ास पहलू को अवश्य उजागर करना चाहती थीं। इसलिए उन्होंने कहा, "नजमा, इनको मुहल्ले वालों की बातें भी बतलाओ।"

नजमा ने शर्माते हुए बोलना शुरू किया। मैंने जब मुहल्ले के घरों में चौका-बर्तन वग़ैरह का काम छोड़ा तो मालिकान नाराज़ हो गये थे। अब वे ताना मारने लगे—'अरे अब तो ऑफ़िस का ज़माना है, घर का काम क्या रास आयेगा।' कोई और कहता—'देखो, कुछ मर्द कितने ख़ुश-क़िस्मत हैं, बीवी कमाये और ख़ुद ऐश करें।' और क्योंकि काम पर जाने के लिए मुझे ढंग के कपड़े-जूते पहनने होते थे तो एक साहब बोले, 'बच्चे तो नंगे घूमते हैं, मगर आजकल की मोहतरमाओं को अपनी फ़ैशन से ही फ़ुरसत कहाँ...?' वग़ैरह-वग़ैरह। ऐसी तानाकशी से बचने के लिए मैं नक़ाब पहनने लगी, मगर मर्द लोग फिर भी पहचान लेते और फ़ब्तियाँ कसने से बाज़ नहीं आते थे। मन-ही-मन मैं कुढ़ती थी और अल्लाह से मनाती थी कि वह मुझे जवाब देने के क़ाबिल करें।

आख़िर वह दिन आ ही गया। जब पूरे महीने की कमाई मैंने एकमुश्त ली तो मैं बेहद ख़ुश थी। इतना सारा पैसा एक वक़्त में कभी मेरे हाथ नहीं लगा था। रास्ते में मैंने बच्चों के लिए मूँगफली ख़रीदी, दो केले भी ले लिए। घर पहुँचते ही दोनों बच्चे अपना हिस्सा लेकर मेरी गोद में बैठकर मेरा मुँह देखने लगे। इतने में छोटा-मोटा सामान बेचने वाला एक बिसातिया साइकिल पर आता दिखा। मैंने ज़ोर से उसे पुकारा "अरे भाई, ज़रा इधर भी आना...।" मेरी आवाज़ सुनकर घरों के बाहर बैठे आदमी-औरत मुझे घूरने लगे। यह पहला मौक़ा था जब मैंने किसी सामान बेचने

वाले को पुकारने की हिम्मत की हो। उसके क़रीब आते ही मैंने कहा,—"बच्चों की चड्डी-बनियान तो दिखाना।"

अब मुहल्ले के लोग और भी ध्यान से देखने लगे। मैंने बच्चों को एक-एक चड्डी-बनियान पहनवाई और बेचने वाले को रुपये दिये। पता नहीं मेरे दिल में क्या आया कि जैसे ही वह कुछ दूर गया मैंने फिर चिल्लाकर कहा, "ऐ भाई, एक-एक चड्डी-बनियान और देते जाओ। बच्चे कपड़े बदलेंगे भी तो।"

मुहल्ले के सब लोग मुँह बाये मेरी तरफ़ देख रहे थे। इतने में एक आइसक्रीम वाला अपना ठेला ढकेलते उधर आ पहुँचा। मैंने उसे भी पुकारा और अपनी ख़रीद की पहली आइसक्रीम बच्चों के भी हाथों में थमाई। एक अजीब तरह की ख़ुशी, एक अजीब-सा नशा मेरे ऊपर था। आज मैं दीन-हीन नहीं थी, मेरे पास भी एक ताक़त थी। हालाँकि बहुत छोटी-सी ताक़त—थोड़े से पैसों की ताक़त। माँगी-जाँची शर्मसार करने वाली नहीं, बल्कि अपनी कमाई की ताक़त, जिससे सिर ऊँचा करके मैं सबके सामने खड़ी हो सकती थी। मैं बेचारी नहीं थी, किसी को मेरे ऊपर तरस खाने की ज़रूरत नहीं थी। मेरा शौहर कमाऊ मर्द न हो, मुझे कोई शिकायत नहीं क्योंकि वह नेक है और मुझे चाहता है। पैसे की कमी मैं पूरा कर सकती हूँ, मेहनत से और इज़्ज़त से। आख़िर अल्लाह ने मेरी सुनी और मुझे बड़ी दीदी के दरवाज़े भेजा। आज मुझमें जोश है, इज़्ज़त से ज़िन्दगी जीने की हिम्मत है।

सुनने वाली महिलाओं की आँखें नम थीं। उन्होंने उठकर नजमा को गले लगाया और उसकी पीठ ठोंकी। किसी को कुछ कहने की आवश्यकता नहीं थी।

आख़िर में नजमा बोली,—"लोग कहते हैं कि जिसका कोई नहीं होता उसका ख़ुदा होता है...आज मैं फ़ख्र से कहती हूँ, हमारे लिए हमारी बड़ी दीदी हैं। ख़ुदा हाफिज़।"

❒❒

२० नवम्बर, १९९४ **जनपद** दैनिक जागरण, लखनऊ ४

'सुजनी की खोजकर्ता चित्रा जफा नहीं रहीं

फेजाबाद, १९ नवम्बर। नगर की प्रमुख समाज सेविका और महिला कल्याण की दिशा में उत्कृष्ट कार्य के लिए भारत सरकार द्वारा पुरस्कृत हो चुकी शहर की हस्ती श्रीमती चित्रा जफा का आज देहावसान हो गया।

एक समय में पूर्वांचल के घर–घर में प्रचलित कढ़ाई कला "सुजनी" को बीते दशक में एक बार फिर यहां के लोगों को जानने और इस कला की ओर प्रदेश व देश वासियों का ध्यान आकृष्ट कराकर इसे लोक प्रियता की श्रृंखला में खड़ा करने का श्रेय श्रीमती चित्रा जफा को जाता हैं।

वर्तमान समय में लगभग तीन सौ महिलाएं शहरी व ग्रामीण क्षेत्रों में सुजनी कढ़ाई में लगी है तथा ३५ छात्राएं भी इसे अपना कर अपना खर्चा निकाल रही ही है। "बाल कल्याण समिति" के बैनर तले श्रीमती जफा का अपनी बीमारी के बाद भी समाज सेवा कार्यों से जुड़ी रही।

श्रीमती चित्रा ने आंगनबाड़ी कार्यकत्रियों का प्रशिक्षण केन्द्र, बाल सेवा केन्द्र, सेवा निवृत्त सैनिक सेवा केन्द्र महिला कल्याण आदि का सफलता पूर्वक और पूरी सक्रियता के साथ संचालन किया।

प्राख्यात नर्तक पंडित बिरजू महराज की शिष्या के रुप में श्रीमती चित्रा अपने युवा काल में चर्चित नृत्यांगना रही। इसलिए विभिन्न सांस्कृतिक संस्थाओं से उनका जुड़ाव रहा और पूरी दिल चस्पी के साथ सांस्कृतिक कार्यक्रमों में भाग लेती रही है। वह ग्रामीण अंचलों में अनेक लघु विद्यालय का भी संचालन करवा रही थीं।

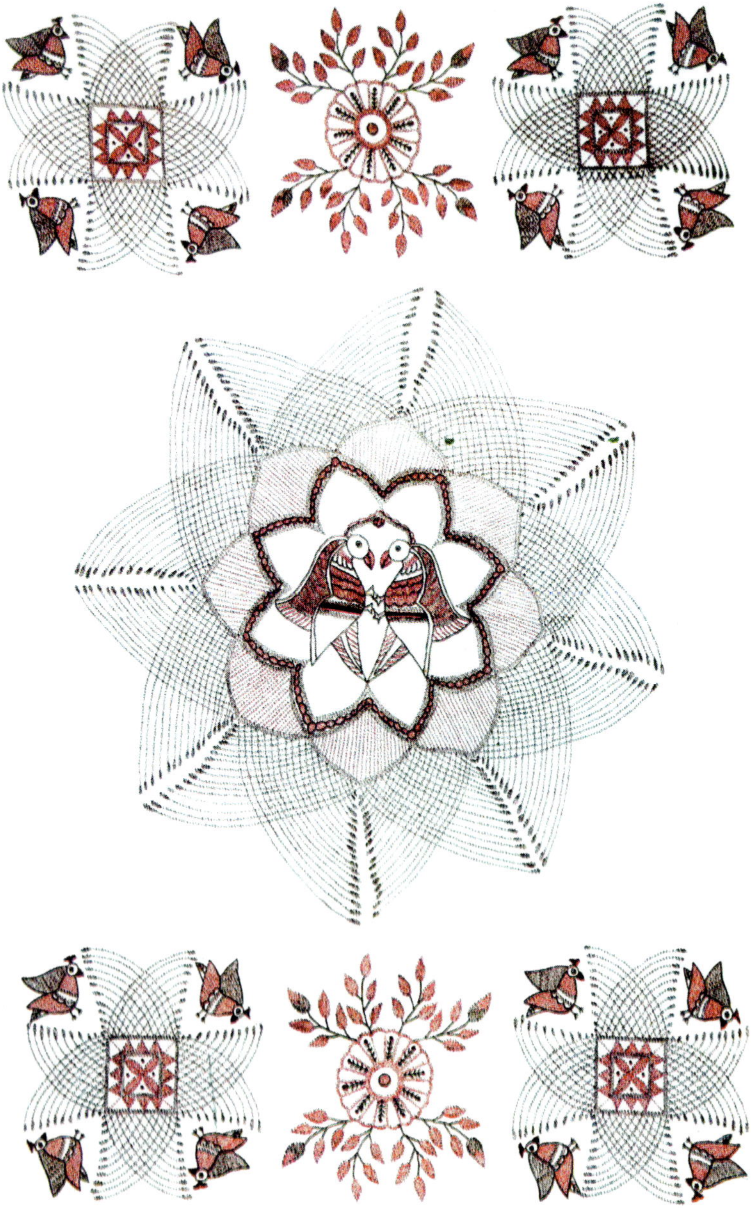

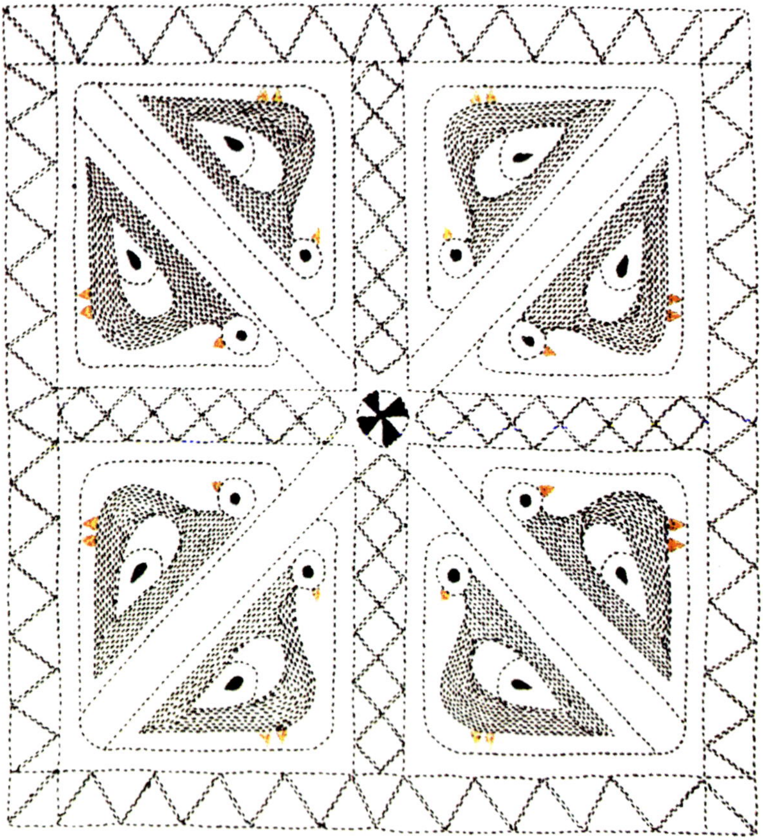

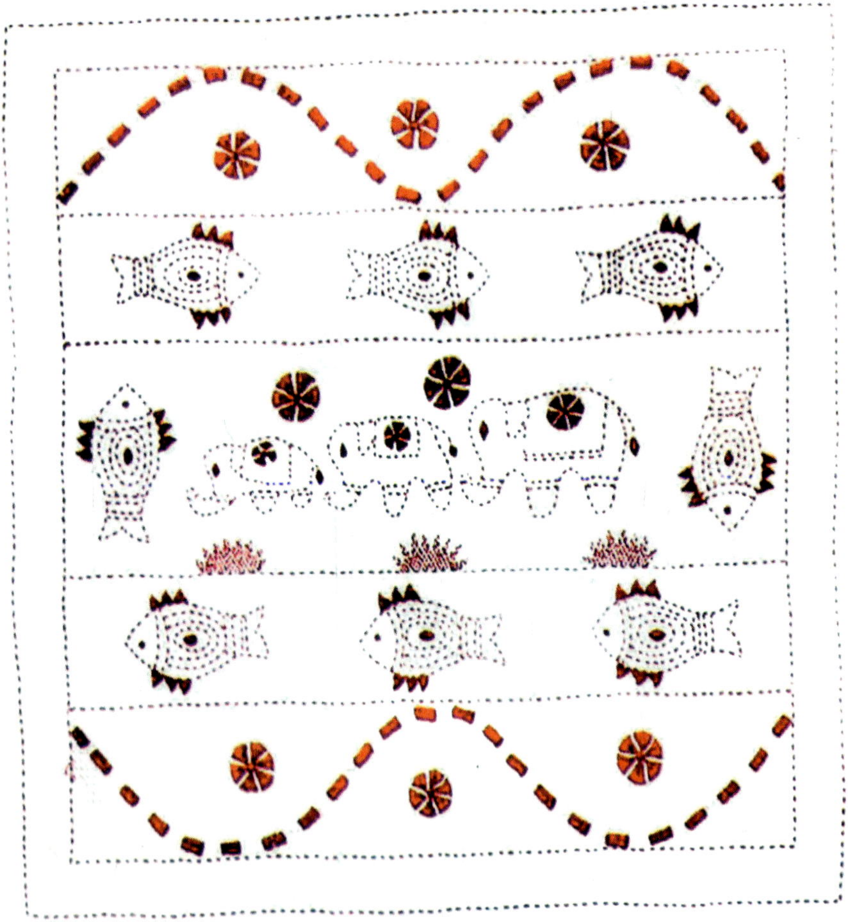